轻阅读书系

红烛·死水

闻一多 著

北方联合出版传媒(集团)股份有限公司
万卷出版公司

图书在版编目（ＣＩＰ）数据

红烛·死水 / 闻一多著 . —— 沈阳：万卷出版公司，
2015.6（2023.5 重印）
（轻阅读）
ISBN 978-7-5470-3604-4

Ⅰ.①红… Ⅱ.①闻… Ⅲ.①诗集–中国–现代
Ⅳ.① I226

中国版本图书馆 CIP 数据核字 (2015) 第 068753 号

出 品 人：王维良
出版发行：北方联合出版传媒（集团）股份有限公司
　　　　　万卷出版公司
　　　　　（地址：沈阳市和平区十一纬路 29 号　邮编：110003）
印 刷 者：三河市双升印务有限公司
经 销 者：全国新华书店
幅面尺寸：150mm×215mm
字　　数：80 千字
印　　张：13.25
出版时间：2015 年 6 月第 1 版
印刷时间：2023 年 5 月第 2 次印刷
责任编辑：胡　利
责任校对：张　莹
封面设计：王晓芳
内文制作：王晓芳
ISBN 978-7-5470-3604-4
定　　价：49.00 元
联系电话：024–23284090
传　　真：024–23284448

序 言

年少读书，老师总以"生而有涯，学而无涯"相勉励，意思是知识无限而人生有限，我们少年郎更得珍惜时光好好学习。后来读书多了，才知庄子的箴言还有后半句："以有涯随无涯，殆已！"顿感一代宗师的见识毕竟非一般学究夫子可比。

一代美学家、教育家朱光潜老先生也曾说："书是读不尽的，就读尽也是无用。"理由是"多读一本没有价值的书，便丧失可读一本有价值的书的时间和精力"，可见"英雄所见略同"。

当代人的生活节奏越来越快，很多人感慨抽出时间来读书俨然成为一种奢侈。既然我们能够用来读书的时间越来越宝贵，而且实际上也并非每本书都值得一读，那么如何从浩瀚的书海中挑出真正适合自己的好书，就成为一项重要且必不可少的工作。于是，我们编纂了这套"轻阅读"书系，希望以一愚之得为广大书友们做一些粗浅的筛选工作。

本辑"轻阅读"主要甄选的是民国诸位大师、文豪的著作，兼选了部分同一时期"西学东渐"引入国内的外国名著。我们之所以选择这个时期的作品作为我们这套书系的第一辑，原因几乎是不言而喻的——这个时期是中国学术史上一个大时代，只有春秋战国等少数几个时代可以与之媲美，而且这个时代创造或引进的思想、文化、学术、文学至今对当代人还有着深远的影响。

当然，己所欲者，强施于人也是不好的，我们无意去做一个惹人生厌的、给人"填鸭"的酸腐夫子。虽然我们相信，这里面的每一本书都能撼动您的心灵，启发您的思想，但我们更信任读者您的自主判断，这么一大套书系大可不必读尽。若是功力不够，勉强读尽只怕也难以调和、消化。崇敬慷慨激昂的闻一多的读者未必也欣赏郁达夫的颓废浪漫；听完《猛回头》《警世钟》等铿锵澎湃的革命号角，再来朗读《翡冷翠的一夜》等"吴侬软语"也不是一个味儿。

读书是一件惬意的事，强制约束大不如随心所欲。偷得浮生半日闲，泡一杯清茶，拉一把藤椅，在家中阳光最充足的所在静静地读一本好书，聆听过往大师们穿越时空的凌云舒语，岂不快哉？

周志云

目录

红 烛

死 水

红　烛

红烛（序诗）

"蜡炬成灰泪始干"

——李商隐

红烛啊！
这样红的烛！
诗人啊！
吐出你的心来比比，
可是一般颜色？

红烛啊！
是谁制的蜡——给你躯体？
是谁点的火——点着灵魂？
为何更须烧蜡成灰，
然后才放出光来？
一误再误；
矛盾！冲突！

红烛·死水

红烛啊！
不误，不误！
原是要"烧"出你的光来——
这正是自然的方法。

红烛啊！
既制了，便烧着！
烧罢！烧罢！
烧破世人的梦，
烧沸世人的血——
也救出他们的灵魂，
也捣破他们的监狱！

红烛啊！
你心火发光之期，
正是泪流开始之日。

红烛啊！
匠人造了你，
原是为烧的。
既已烧着，
又何苦伤心流泪？
哦！我知道了！
是残风来侵你的光芒，
你烧得不稳时，

才着急得流泪！
红烛啊！
流罢！你怎能不流呢？
请将你的脂膏，
不息地流向人间，
培出慰藉的花儿，
结成快乐的果子！

红烛啊！
你流一滴泪，灰一分心。
灰心流泪你的成果，
创造光明你的原因。

红烛啊！
"莫问收获，但问耕耘。"

红烛·死水

李白之死

世俗流传太白以捉月骑鲸而终，本属荒诞。此诗所
述亦凭臆造，无非欲借以描画诗人的人格罢了。读者不
要当作历史看就对了。

"我本楚狂人，凤歌笑孔丘。"

——李白

一对龙烛已烧得只剩光杆两枝，
却又借回已流出的浓泪底余脂，
迁延着欲断不断的弥留的残火，
在夜底喘息里无效地抖擞振作。
杯盘狼藉在案上，酒坛睡倒在地下，
醉客散了，如同散阵投巢的乌鸦；
只那醉得最很，醉得如泥的李青莲
（全身底骨架如同脱了榫的一般摔）
还歪倒倒的在花园底椅上堆着，

口里喃喃地，不知到底说些什么。
声音听不见了，嘴唇还喋着不止；
忽地那络着密密红丝网的眼珠子，
（他自身也像一个微小的醉汉）
对着那怯懦的烛焰瞪了半天；
仿佛一只饿狮，发见了一个小兽，
一声不响，两眼睁睁地望他尽瞅；
然后轻轻地缓缓地举起前脚，
便迅雷不及掩耳，忽地往前扑着——
像这样，桌上两对角摆着的烛架，
都被这个醉汉拉倒在地下。

"哼哼！就是你，你这可恶的作怪，"
他从咬紧的齿缝里泌出声音来，
"碍着我的月儿不能露面哪！
月儿啊！你如今应该出来了罢！
哈哈！我已经替你除了障碍，
骄傲的月儿，你怎么还不出来？
你是瞧不起我吗？啊，不错！
你是天上广寒宫里的仙娥，
我呢？不过那戏弄黄土的女娲
散到六合里来底一颗尘沙！
啊！不是！谁不知我是太白之精？
我母亲没有在梦里会过长庚？
月儿，我们星月原是同族的，

红烛·死水

我说我们本来是很面熟呢！"
在说话时，他没留心那黑树梢头
渐渐有一层薄光将天幕烘透，
几朵铅灰云彩一层层都被烘黄，
忽地有一个琥珀盘轻轻浮上，
（却又像没动似的）他越浮得高，
越缩越小；颜色越褪淡了，直到
后来，竟变成银子样的白的亮——
于是全世界都浴着伊的晶光。
簇簇的花影也次第分明起来，
悄悄爬到人脚下偎着，总躲不开——
像个小狮子狗儿睡醒了摇摇耳朵，
又移到主人身边懒洋洋地睡着。
诗人自身的影子，细长得可怕的一条，
竟拖到五步外的栏杆上坐起来了。
从叶缝里筛过来的银光跳荡，
啮着环子的兽面蠢似一朵缩菌，
也鼓着嘴儿笑了，但总笑不出声音。
桌上一切的器皿，接受复又反射
那闪灼的光芒，又好像日下的盔甲。

这段时间中，他通身的知觉都已死去，
那被酒催迫了的呼吸几乎也要停驻；
两眼只是对着碧空悬着的玉盘，
对着他尽看，看了又看，总看不倦。

"啊！美呀！"他叹道，"清寥的美！莹澈的美！
宇宙为你而存吗？你为宇宙而在？
哎呀！怎么总是可望而不可即！
月儿呀月儿！难道我不应该爱你？
难道我们永远便是这样隔着？
月儿，你又总爱涎着脸皮跟着我；
等我被你媚狂了，要拿你下来，
却总攀你不到。唉！这样狠又这样乖！

月啊！你怎同天帝一样地残忍！
我要白日照我这至诚的丹心，
狰狞的怒雷又砰訇地吼我；
我在落雁峰前几次朝拜帝座，
额撞裂了，嗓叫破了，阊阖还不开。
吾爱啊！帝旁擎着雉扇的吾爱！
你可能问帝，我究犯了哪条天律？
把我谪了下来，还不召我回去？
帝啊！帝啊！我这罪过将永不能赎？
帝呀！我将无期地囚在这痛苦之窟？"
又圆又大的热泪滚向膨胀的胸前，
却有水银一般地沉重与灿烂；
又像是刚同黑云碰碎了的明月
溅下来点点的残屑，眩目的残屑。

"帝呀！既遣我来，就莫生他们！"他又讲，

红烛·死水

"他们，那般妖媚的狐狸，狠狠的豺狼！
我无心作我的诗，谁想着骂人呢？
他们小人总要忍心地吹毛求疵，
说那是讥诮伊的。哈哈！这真是笑话！
他是个什么人？他是个将军吗？
将军不见得就不该替我脱靴子。
唉！但是我为什么要作那样好的诗？
这岂不自作的孽，自招的罪？……
哪里？我哪里配得上谈诗？不配，不配；
谢玄晖才是千古的大诗人呢！——
那吟'余霞散成绮，澄江净如练'的
谢将军，诗既作的那样好——真好！——
但是那里像我这样地坎坷潦到？"
然后，撑起胸膛，他长长地叹了一声。
只自身的影子点点头，再没别的同情？
这叹声，便似平远的沙汀上一声鸟语，
叫不应回音，只悠悠地独自沉没，
终于无可奈何，被宽嘴的寂静吞了。

"啊'澄江净如练，'这种妙处谁能解道？
记得那回东巡浮江底一个春天，——
两岸旌旗引着腾龙飞虎回绕碧山，——
果然如是，果然是白练满江……
唔？又讲起他的事了？冤枉啊！冤枉！
夜郎有的是酒，有的是月，我岂怨嫌？

但不记得那天夜半，我被捉上楼船！
我企望谈谈笑笑，学着仲连安石们，
替他们解决些纷纠，扫却了胡尘，
哈哈！谁又知道他竟起了野心呢？
哦，我竟被人卖了！但一半也怪我自身！"

这样他便将那成灰的心渐渐扇着，
到底又得痛饮一顿，浇熄了愁底火，
谁知道这愁竟像田单底火牛一般：
热油淋着，狂风煽着，越奔火越燃，
毕竟谁烧焦了骨肉，牺牲了生命，
那束刃的采帛却焕成五色的龙文：
如同这样，李白那煎心烙肺的愁焰，
也便烧得他那幻象底轮子急转，
转出了满牙齿上攒着的"丽藻春葩"。
于是他又讲，"月儿！若不是你和他，"
手指着酒壶，"若不是你们的爱护，
我这生活可不还要百倍地痛苦？
啊！可爱的酒！自然赐给伊的骄子——
诗人底恩俸！啊，神奇的射愁底弓矢！
开启琼宫底管钥！琼宫开了：
那里有鸣泉漱石，玲鳞怪羽，仙花逸条；
又有琼瑶的轩馆同金碧的台榭；
还有吹不满旗的灵风推着云车，
满载霓裳缥缈，彩玲珑的仙娥，

红烛·死水

给人们颁送着驰魂宕魄的天乐。

啊！是一个绮丽的蓬莱底世界，

被一层银色的梦轻轻地锁着在！”

“啊！月呀！可望而不可即的明月！

当我看你看得正出神的时节，

我只觉得你那不可思议的美艳，

已经把我全身溶化成水质一团，

然后你那提挈海潮底全副的神力，

把我也吸起，浮向开遍水钻花的

碧玉的草场上；这时我肩上忽展开

一双翅膀，越张越大，在空中徘徊，

如同一只大鹏浮游于八极之表。

哦，月儿，我这时不敢正眼看你了！

你那太强烈的光芒刺得我心痛。……

忽地一阵清香揽着我的鼻孔，

我吃了一个寒噤，猛开眼一看，……

哎呀！怎地这样一副美貌的容颜！

丑陋的尘世！你那有过这样的副本？

啊！布置得这样调和，又这般端正，

竟同一阕鸾凤和鸣底乐章一般！

哦，我如何能信任我的这双肉眼？

我不相信宇宙间竟有这样的美！

啊，大胆的我哟，还不自惭形秽，

竟敢现于伊前！——啊！笨愚呀糊涂！——

这时我只觉得头昏眼花，血凝心洄；
我觉得我是污烂的石头一块，
被上界底清道夫抛掷了下来，
掷到一个无垠的黑暗的虚空里，
坠降，坠降，永无着落，永无休止！"

月儿初还在池下<u>丝丝</u>柳影后窥看，
像沐罢的美人在玻璃窗口晾发一般；
于今却已姗姗移步出来，来到了池西；
夜飔底私语不知说破了什么消息，
池波一皱，又惹动了伊娴静的微笑。
沉醉的诗人忽又战巍巍地站起了，
东倒西歪地挨到池边望着那晶波。
他看见这月儿，他不觉惊讶地想着：
如何这里又有一个伊呢？奇怪！奇怪！
难道天有两个月，我有两个爱？
难道刚才伊送我下来时失了脚，
掉在这池里了吗？——这样他正疑着……
他脚底下正当活泼的小涧注入池中，
被一<u>丛</u>刚劲的菖蒲鲠塞了喉咙，
便咯咯地咽着，像喘不出气的呕吐。
他听着吃了一惊，不由得放声大哭：
"哎呀！爱人啊！淹死了，已经叫不出声了！"
他翻身跳下池去了，便向伊一抱，
伊已不见了，他更惊慌地叫着，

红烛·死水

却不知道自己也叫不出声了！
他挣扎着向上猛踊，再昂头一望，
又见圆圆的月儿还平安地贴在天上。
他的力已尽了，气已竭了，他要笑，
笑不出了，只想道："我已救伊上天了！"

剑匣

I built my soul a lordly pleasure−house,

Wherein at ease for aye to dwell.

······

And "While the world runs round and round,"

I said, 'Reign thou apart, a quiet king,

Still as, while saturn whirs, his steadfast

shade.

Sleeps on his luminous ring'.

To which my soul made answer readily :

"Trust me in bliss I shall abide

In this great mansion, that is built for me,

So royal−rich and wide".

———Tennyson

红
烛
·
死
水

· 15 ·

在生命底大激战中，

我曾是一名盖世的骁将。

我走到四面楚歌底末路时，

并不同项羽那般顽固，

定要投身于命运底罗网。

但我有这绝岛作了堡垒，

可以永远驻扎我的退败的心兵，

在这里我将养好了我的战创，

在这里我将忘却了我的仇敌。

在这里我将作个无名的农夫，

但我将让闲惰底芜蔓

蚕食了我的生命之田。

也许因为我这肥泪底无心的灌溉，

一旦芜蔓还要开出花来呢？

那我就镇日徜徉在田塍上，

饱喝着他们的明艳的色彩。

我也可以作个海上的渔夫：

我将撒开我的幻想之网。

在寥阔的海洋里；

在放网收网之间，

我可以坐在沙岸上做我的梦，

从日出梦到黄昏……

假若撒起网来，不是一些鱼虾，

只有海树珊瑚同含胎的老蚌，
那我却也喜出望外呢。

有时我也可佩佩我的旧剑，
踱山进去作个樵夫。
但群松舞着葱翠的干戚，
雍容地唱着歌儿时，
我又不觉心悸了。
我立刻套上我的宝剑，
在空山里徘徊了一天。
有时看见些奇怪的彩石，
我便拾起来，带了回去；
这便算我这一日底成绩了。

但这不是全无意识的。
现在我得着这些材料，
我真得其所了；
我可以开始我的工匠生活了，
开始修葺那久要修葺的剑匣。

我将摊开所有的珍宝，
陈列在我面前，
一样样的雕着，镂着，
磨着，重磨着……
然后将他们都镶在剑匣上，——

用我的每出的梦作蓝本，
镶成各种光怪陆离的图画。

我将描出白面美髯的太乙
卧在粉红色的荷花瓣里，
在象牙雕成的白云里飘着。
我将用墨玉同金丝
制出一只雷纹镶嵌的香炉；
那炉上驻着袅袅的篆烟，
许只可用半透明的猫儿眼刻着。
烟痕半消未灭之处，
隐约地又升起了一个玉人，
仿佛是肉袒的维纳司呢……
这块玫瑰玉正合伊那肤色了。

晨鸡惊耸地叫着，
我在蛋白的曙光里工作，
夜晚人们都睡去，我还作着工——
烛光抹在我的直陡的额上，
好像紫铜色的晚霞
映在精赤的悬崖上一样。

我又将用玛瑙雕成一尊梵像，
三首六臂的梵像，
骑在鱼子石的象背上。

珊瑚作他口里含着的火，
银线辫成他腰间缠着的蟒蛇，
他头上的圆光是块琥珀的圆壁。

我又将镶出一个瞎人
在竹筏上弹着单弦的古瑟。
　（这可要镶得和王叔远底
桃核雕成的《赤壁赋》一般精细）。
然后让翡翠，蓝珰玉，紫石瑛，
错杂地砌成一片惊涛骇浪；
再用碎砾的螺钿点缀着，
那便是涛头闪目的沫花了。
上面再笼着一张乌金的穹窿，
只有一颗宝钻的星儿照着。

春草绿了，绿上了我的门阶，
我同春一块儿工作着；
蟋蟀在我床下唱着秋歌，
我也唱着歌儿作我的活。
我一壁工作着，一壁唱着歌：
我的歌里的律吕
都从手指尖头流出来，
我又将他制成层叠的花边：
有盘龙，对凤，天马，辟邪底花边，
有芝草，玉莲，万字，双胜底花边，

红
烛
·
死
水

又有各色的汉纹边
套在最外的一层边外。

若果边上还缺些角花，
把蝴蝶嵌进去应当恰好。
玳瑁刻作梁山伯，
璧玺刻作祝英台，
碧玉，赤瑛，白玛瑙，蓝琉璃，……
拼成各种彩色的凤蝶。
于是我的大功便告成了！

哦，我的大功告成了！
你不要轻看了我这些工作！
这些不伦不类的花样，
你该知道不是我的手笔，
这都是梦底原稿的影本。
这些不伦不类的色彩，
也不是我的意匠底产品，
是我那芜蔓底花儿开出来的。
你不要轻看了我这些工作哟！

哦，我的大功告成了！
我将抽出我的宝剑来——
我的百炼成钢的宝剑，
吻着他吻着他……

吻去他的锈，吻去他的伤疤；
用热泪洗着他，洗着他……
洗净他上面的血痕，
洗净他罪孽底遗迹；
又在龙涎香上熏着他，
熏去了他一切腥膻的记忆。
然后轻轻把他送进这匣里，
唱着温柔的歌儿，
催他快在这艺术之宫中酣睡。

哦，哦，我的大功告成了！
我的大功终于告成了！
人们的匣是为保护剑底锋芒，
我的匣是要藏他睡觉的。
哦，我的剑匣修成了，
我的剑有了永久的归宿了！

哦，我的剑要归寝了！
我不要学轻佻的李将军，
拿他的兵器去射老虎，
其实只射着一块僵冷的顽石。
哦，我的剑要归寝了！
我也不要学迂腐的李翰林，
拿他的兵器去割流水，
一壁割着，一壁水又流着。

红烛·死水

哦，我的兵器只要韬藏，
我的兵器只要酣睡。
我的兵器不要斩芟奸横，
我知道奸横是僵冷的顽石一堆；
我的兵器也不要割着愁苦，
我知道愁苦是割不断的流水。

哦，我的大功告成了！
让我的宝剑归寝了！
我岂似滑头的汉高祖，
拿宝剑砍死了一条白蛇，
因此造一个谣言，
就骗到了一个天下？
哦！天下，我早已得着了啊！
我早坐在艺术底凤阙里，
像大舜皇帝，垂裳而治着
我的波希米亚的世界了啊！
哦！让我宝剑归寝罢！
我又岂似无聊的楚霸王，
拿宝剑砍掉多少的人头，
一夜梦回听着恍惚的歌声，
忽又拥着爱姬，抚著名马，
提起原剑来刎了自己的颈？

哦！但我又不妨学了楚霸王，

用自己的宝剑自杀了自己。
不过果然我要自杀，
定不用这宝剑底锋铓。
我但愿展玩着这剑匣——
展玩着我这自制的剑匣，
我便昏死在他的光彩里！

哦，我的大功告成了！
我将让宝剑在匣里睡着觉，
我将摩抚着这剑匣，
我将宠媚着这剑匣，——
看着缠着神蟒的梵像，
我将巍巍地抖颤了，
看看筏上鼓瑟的瞎人，
我将号啕地哭泣了；
看看睡在荷瓣里的太乙，
飘在篆烟上的玉人，
我又将迷迷地嫣笑了呢！

哦，我的大功告成了！
我将让宝剑在匣里睡着。
我将看着他那光怪的图画，
重温我的成形的梦幻，
我将看着他那异彩的花边，
再唱着我的结晶的音乐。

红烛·死水

啊！我将看着，看着，看着，
看到剑匣战动了，
模糊了，更模糊了，
一个烟雾弥漫的虚空了……

哦！我看到肺脏忘了呼吸，
血液忘了流驶，
看到眼睛忘了看了。
哦！我自杀了！
我用自制的剑匣自杀了！
哦哦！我的大功告成了！

西岸

He has a lusty spring, when fancy clear
Takes in all beauty within an easy span.

——Keats

这里是一道河，一道大河，
宽无边，深无底；
四季里风姨巡遍世界，
便回到河上来休息；
满天糊着无涯的苦雾，
压着满河无期的死睡。
河岸下酣睡着，河岸上
反起了不断的波澜，
啊！卷走了多少的痛苦！
淘尽了多少的欣欢！
多少心被羞愧才鞭驯，

红烛·死水

一转眼被虚荣又煽癫！
鞭下去，煽起来，
又莫非是金钱底买卖。
黑夜哄着聋瞎的人马，
前潮刷走，后潮又挟回。
没有真，没有美，没有善，
更那里去找光明来！

但不怕那大泽里
风波怎样凶，水兽怎样猛，
总难惊破那浅水芦花里
那些山草的幽梦，——
一样的，有个人也逃脱了
河岸上那纷纠的樊笼。
他见了这宽深的大河，
便私心唤醒了些疑义：
分明是一道河，有东岸，
岂有没个西岸底道理？
啊！这东岸底黑暗恰是那
西岸底光明底影子。
但是满河无期的死睡，
撑着满天无涯的雾膜；
西岸也许有，但是谁看见？
哎……这话也不错。
"恶雾遮不住我，"心讲道，

"见不着，那是目底过！"
有时他忽见浓雾变得
绯样薄，在风翅上荡漾；
雾缝里又筛出些
丝丝的金光洒在河身上。
看！那里！可不是个大鼋背？
毛发又长得那样长。

不是的！倒是一座小岛，
戴着一头的花草：
看！灿烂的鱼龙都出来
晒甲胄，理须桡；
鸳鸯洗刷完了，喙子
插在翅膀里，睡着觉了。
鸳鸯睡了，百鳞退了——
满河一片凄凉；
太阳也没兴，卷起了金练，
让雾帘重往下放：
恶雾瞪着死水，一切的
于是又同从前一样。

"啊！我懂了，我何曾见着
那美人底容仪？
但猜着蠕动的绣裳下，
定有副美人底肢体。

红烛·死水

同一理：见着的是小岛，
猜着的是岸西。"

"一道河中一座岛，河西
一盏灯光被岛遮断了。"
这语声到处，是有些人
鹦哥样，听熟了，也会叫；
但是那多数的人
不笑他发狂，便骂他造谣。

也有人相信他，但还讲道：
"西岸地岂是为东岸人？
若不然，为什么要划开
一道河，这样宽又这样深？"
有人讲："河太宽，雾正密。
找条陆道过去多么稳！"
还有人明晓得道儿
只这一条，单恨生来错——
难学那些鸟儿飞着渡，
难学那些鱼儿划着过，
却总都怕说得："搭个桥，
穿过岛，走着过！"为什么？

雨夜

几朵浮云，仗着雷雨底势力，
把一天底星月都扫尽了。
一阵狂风还喊来要捉那软弱的树枝，
树枝拼命地扭来扭去，
但是无法躲避风底爪子。

凶狠的风声，悲酸的雨声——
我一边听着，一边想着；
假使梦这时要来找我，
我定要永远拉着他，不放他走；
还剜出我的心来送他作贽礼，
他要收我做个莫逆的朋友。
风声还在树里呻吟着，
泪痕满面的曙天白得可怕，

红烛·死水

我的梦依然没有做成。

哦！原来真的已被我厌恶了，

假的就没他自身的尊严吗？

雪

夜散下无数茸毛似的天花，
织成一件大氅，
轻轻地将憔悴的世界，
从头到脚地包了起来：
又加了死人一层殓衣。

伊将一片鱼鳞似的屋顶埋起了，
却总埋不住那屋顶上的青烟缕。
啊！缕缕蜿蜒的青烟啊！
仿佛是诗人向上的灵魂，
穿透自身的躯壳：直向天堂迈往。

高视阔步的风霜蹂躏世界，
森林里抖颤的众生战斗多时，

红烛·死水

· 31 ·

最末望见伊底白氅，

都欢声喊道："和平到了，奋斗成功了！

这不是冬投降底白旗吗？"

睡者

灯儿灭了，人儿在床；
月儿底银潮
沥过了叶缝，冲进了洞窗，
射到睡觉的双靥上，
跟他亲了嘴儿又偎脸，
便洗净一切感情底表象，
只剩下了如梦幻的天真，
笼在那连耳目口鼻
都分不清的玉影上。

啊！这才是人底真色相！
这才是自然底真创造！
自然只此一副模型；
铸了月面，又铸人面。
哦！但是我爱这睡觉的人，

· 33 ·

他醒了我又怕他呢！

我越看这可爱的睡容，

想起那醒容，越发可怕。

啊！让我睡了，躲脱他的醒罢！

可是瞌睡像只秋燕，

在我眼帘前掠了一周，

忽地翻身飞去了，

不知几时才能得回来呢？

月儿，将银潮密密地酌着！

睡觉的，撑开枯肠深深地喝着！

快酌，快喝！喝着，睡着！

莫又醒了，切莫醒了！

但是还响点擂着，鼾雷！

我祇爱听这自然底壮美底回音，

他警告我这时候

那人心宫底禁闼大开，

上帝在里头登极了！

黄昏

太阳辛苦了一天，
赚得一个平安的黄昏，
喜得满面通红，
一气直往山洼里狂奔。

黑黯好比无声的雨丝，
慢慢往世界上飘洒……
贪睡的合欢叠拢了绿鬓，钩下了柔颈，
路灯也一齐偷了残霞，换了金花；
单剩那喷水池
不怕惊破别家酣梦，
依然活泼泼地高呼狂笑，独自玩耍。

饭后散步的人们，
好像刚吃饱了蜜的蜂儿一窠，

红烛·死水

三三五五的都往

马路上头，板桥栏畔飞着。

嗡……嗡……嗡……听听唱的什么——

是花色底美丑？

是蜜味底厚薄？

是女王底专制？

是东风底残虐？

啊！神秘的黄昏啊！

问你这首玄妙的歌儿，

这辈嚣喧的众生

谁个唱的是你的真义？

时间底教训

太阳射上床，惊走了梦魂。

昨日底烦恼去了，今日底还没来呢。

啊！这样肥饱的鹁声，

稻林里撞挤出来——

来到我心房酿蜜，

还同我的，万物底蜜心，

融合作一团快乐——

生命底唯一真义。

此刻时间望我尽笑，

我便合掌向他祈祷："赐我无尽期！"

可怕！那笑还是冷笑；

哪里？他把眉尖锁起，居然生了气。

"地得！地得！"听那壁上的钟声，

果同快马狂蹄一般地奔腾。

那骑者还仿佛吼着：

"尽可多多创造快乐去填满时间；

那可活活缚着时间来陪着快乐？"

二月庐

面对一幅淡山明水的画屏，
在一块棋盘似的稻田边上，
蹲着一座看棋的瓦屋——
紧紧地被捏在小山底拳心里。

柳荫下睡着一口方塘；
聪明的燕子——伊唱歌儿
偏找到这里，好听着水面的
回声，改正音调底错儿。

燕子！可听见昨夜那阵冷雨？
西风底信来了，催你快回去。
今年去了，明年、后年、后年以后，
一年回一度的还是你吗？

红烛·死水

· 39 ·

啊？你的爆裂得这样音响，
迸出些什么压不平的古愁！
可怜的鸟儿，你诉给谁听？
那知道这个心也碎了哦！

印象

一望无涯的绿茸茸的——
是青苔？是蔓草？是禾稼？是病眼发花？——
只在火车窗口像走马灯样旋着。
仿佛死在痛苦底海里泅泳——
他的披毛散发的脑袋
在禁哑无声的绿波上漂着——
是簇簇的杨树林钻出禾面。

绿杨遮着作工的——神圣的工作！
骍红的赤膊摇着枯涩的辘轳，
向地母哀求世界底一线命脉。
白杨守着休息的——无上的代价！——
孤零零的一座秃头的黄土堆，
拥着一个安闲，快乐，了无智识的灵魂，
长眠，美睡，禁止百梦底纷扰。
啊！神圣的工作！无上的代价！

红烛·死水

快乐

快乐好比生机：
生机底的消息传到绮甸，
群花便立刻
披起五光十色的绣裳。

快乐跟我的
灵魂接了吻，我的世界
忽变成天堂，
住满了柔艳的安琪儿！

美与爱

窗子里吐出娇嫩的灯光——
两行鹅黄染的方块镶在墙上；
一双枣树底影子，像堆大蛇，
横七竖八地睡满了墙下。

啊！那颗大星儿！嫦娥底侣伴！
你无端绊住了我的视线；
我的心鸟立刻停了他的春歌，
因他听了你那无声的天乐。

听着，他竟不觉忘却了自己，
一心只要飞出去找你，
把监牢底铁槛也撞断了；
但是你忽然飞地不见了！

红烛·死水

屋角底凄风悠悠叹了一声，
惊醒了懒蛇滚了几滚；
月色白得可怕，许是恼了？
张着大嘴的窗子又像笑了！

可怜的鸟儿，他如今回了，
嗓子哑了，眼睛瞎了，心也灰了；
两翅洒着滴滴的鲜血——
是爱底代价，美底罪孽！

诗人

人们说我有些像一颗星儿，
无论怎样光明，只好作月儿底伴，
总不若灯烛那样有用——
还要照着世界作工，不徒是好看。

人们说春风把我吹燃，是火样的薇花，
再吹一口，便变成了一堆死灰；
剩下的叶儿像铁甲，刺儿像蜂针，
谁敢抱进他的赤裸的胸怀？

又有些人比我作一座遥山：
他们但愿远远望见我的颜色，
却不相信那白云深处里，
还别有一个世界——一个天国。

其余的人或说这样，或许那样，
只是说得对的没有一个。
"谢谢朋友们！"我说，"不要管我了，
你们那样忙，哪有心思来管我？

你们在忙中觉得热闷时，
风儿吹来，你们无心地喝下了，
也不必问是谁送来的，
自然会觉得他来的正好！"

风波

我戏将沉檀焚起来祀你，
那知他会烧的这样狂！
他虽散满一世界底异香，
但是你的香吻没有抹尽的
那些渣滓，却化作了云雾
满天，把我的两眼障瞎了；
我看不见你，便放声大哭，
像小孩寻不见他的妈了。
立刻你在我耳旁低声地讲：
（但你的心也雷样的震荡）
"在这里，大惊小怪地闹些什么？
一个好教训哦！"说完了笑着。
爱人！这戏禁不得多演，
让你的笑焰把我的泪晒干！

回顾

九年底清华底生活，

回头一看——

是秋夜里一片沙漠，

却露着一颗萤火，

越望越光明，

四围是迷茫莫测的凄凉黑暗。

这是红惨绿娇的暮春时节：

如今到了荷池——

寂静底重量正压着池水

连面皮也皱不动——

一片死静！

忽地里静灵退了，

镜子碎了，

个个都喘气了。

看！太阳底笑焰——一道金光，

滤过树缝，洒在我额上；
如今羲和替我加冕了，
我是全宇宙底王！

红烛·死水

幻中之邂逅

太阳落了，责任闭了眼睛，
屋里朦胧的黑暗凄酸的寂静，
钩动了一种若有若无的感情，
——快乐和悲哀之间底黄昏。

仿佛一簇白云，蒙蒙漠漠，
拥着一只素氅朱冠的仙鹤——
在方才淌进的月光里浸着，
那娉婷的模样就是她么？

我们都还没吐出一丝儿声响；
我刚才无心地碰着她的衣裳，
许多的秘密，便同奔川一样，
从这摩触中不歇地冲洄来往。

忽地里我想要问她到底是谁，
抬起头来……月在哪里？人在哪里？
从此狰狞的黑暗，咆哮的静寂，
便扰得我辗转空床，通夜无睡。

红烛·死水

志愿

马路上歌啸的人群
泛滥横流着，
好比一个不羁的青年底意志。

银箔似的溪面一意地
要板平他那难看的皱纹。
两岸底绿杨争着
迎接视线到了神秘的尽头？——
原来那里是尽头？
是视线底长度不够！

啊！主呀！我过了那道桥以后，
你将怎样叫我消遣呢？
主啊！愿这腔珊瑚似的鲜血
染得成一朵无名的野花，

这阵热气又化些幽香给他,
好钻进些路人底心里烘着罢!
只要这样,切莫又赏给我
这一副腥秽的躯壳!
主呀! 你许我吗? 许了我罢!

失败

从前我养了一盆宝贵的花儿，
好容易孕了一个苞子，
但总是半含半吐的不肯放开。
我等发了急，硬是把他剥开了，
他便一天萎似一天，萎得不像样了。
如今我要他再关上不能了。
我到底没有看见我要看的花儿！

从前我做了一个稀奇的梦，
我总嫌他有些太模糊了，
我满不介意，让他震破了；
我醒了，直等到月落，等到天明，
重织一个新梦既织不成，
便是那个旧的也补不起来了。
我到底没有做好我要做的梦！

贡臣

我的王！我从远方来朝你，
带了满船你不认识的，
但是你必中意的贡礼。
我兴高采烈地航到这里来，
那里知道你的心……唉！
还是一个涸了的海港！
我悄悄地等着你的爱潮膨涨，
好浮进我的重载的船艘；
月儿圆了几周，花儿红了几度，
还是老等，等不来你的潮头！
我的王！他们讲潮汐有信，
如今叫我怎样相信他呢？

游戏之祸

我酌上蜜酒，烧起沉檀，
游戏着膜拜你：
沉檀烧地太狂了，
我忙着拿蜜酒来浇他；
谁知越浇越烈，
竟惹了焚身之祸呢！

花儿开过了

花儿开过了，果子结完了；
一春底香雨被一夏底骄阳炙干了，
一夏底荣华被一秋底馋风扫尽了。
如今败叶枯枝，便是你的余剩了。

天寒风紧，冻哑了我的心琴；
我惯唱的颂歌如今竟唱不成。
但是，且莫伤心，我的爱，
琴弦虽不鸣了，音乐依然在。

只要灵魂不灭，记忆不死，纵使
你的荣华永逝（这原是没有的事），
我敢说那已消的春梦底余痕，
还永远是你我的生命底生命！

红烛·死水

况且永继的荣华，顿刻的凋落——
两两相形，又算得了些什么？
今冬底假眠，也不过是明春底
更烈的生命所必需的休息。

所以不怕花残，果烂，叶败，枝空，
那缜密的爱底根网总没一刻放松；
他总是绊着，抓着，咬着我的心，
他要抽尽我的生命供给你的生命！

爱呀！上帝不曾因青春底暂退，
就要将这个世界一齐捣毁，
我也不曾因你的花儿暂谢，
就敢失望，想另种一朵来代他！

十一年一月二日作

哎呀！自然底太失管教的骄子！
你那内蕴的灵火！不是地狱底毒火，
如今已经烧得太狂了，
只怕有一天要爆裂了你的躯壳。

你那被爱蜜饯了的肥心，人们讲，
本是为滋养些嬉笑的花儿的，
如今却长满了愁苦底荆棘——
他的根已将你的心越捆越紧，越缠越密。
上帝啊！这到底是什么用意？

唉！你（只有你）真正了解生活底秘密，
你真是生活唯一的知己，
但生活对你偏是那样凶残：
你看！又是一个新年！——好可怕的新年！——

张着牙戟齿锯的大嘴招呼你上前；
你退既不能，进又白白地往死嘴里钻！
高步远蹠的命运
从时间底没究竟的大道上踱过；
我们无足轻重的蚁子
糊里糊涂地忙来忙去，不知为什么，
忽地里就断送在他的脚跟底……

但是，那也对啊！……死！你要来就快来，
快来断送了这无边的痛苦！
哈哈！死，你的残忍，乃在我要你时，你不来，
如同生，我不要他时，他偏存在！

死

啊！我的灵魂底灵魂！
我的生命底生命，
我一生底失败，一生底亏欠，
如今要都在你身上补足追偿，
但是我有什么
可以求于你的呢？

让我淹死在你眼睛底汪波里！
让我烧死在你心房底熔炉里！
让我醉死在你音乐底琼醪里！
让我闷死在你呼吸底馥郁里！

不然，就让你的尊严羞死我！
让你的酷冷冻死我！
让你那无情的牙齿咬死我！

红烛·死水

让那寡恩的毒剑螫死我！

你若赏给我快乐，
我就快乐死了；
你若赐给我痛苦，
我也痛苦死了；
死是我对你唯一的要求，
死是我对你无上的贡献。

深夜底泪

生波停了掀簸；
深夜啊！——
沉默的寒潭！
澈虚的古镜！

行人啊！
回转头来，
照照你的颜容罢！
啊！这般憔悴……

轻柔的泪，
温热的泪，
洗得净这仆仆的征尘？
无端地一滴滴流到唇边，
想是要你尝尝他的滋味；

红烛·死水

这便是生活底滋味！

枕儿啊！
紧紧地贴着！
请你也尝尝他的滋味。
唉！若不是你，
这腐烂的骷髅，
往哪里靠啊！

再鼓啊！
一声声这般急切；
便是生活底战鼓罢？
唉！擂断了心弦，
搅乱了生波……

战也是死，
逃也是死，
降了我不甘心。
生活啊！
你可有个究竟？

啊！宇宙底生命之酒，
都将酌进上帝底金樽。
不幸的浮沤！
怎地偏酌漏了你呢？

青春

青春像只唱着歌的鸟儿，
已从残冬窟里闯出来，
驶入宝蓝的穹窿里去了。

神秘的生命，
在绿嫩的树皮里膨胀着，
快要送出带鞘子的，
翡翠的芽儿来了。

诗人呵！揩干你的冰泪，
快预备着你的歌儿，
也赞美你的苏生罢！

红烛·死水

宇宙

宇宙是个监狱，
但是个模范监狱；
他的目的在革新，
并不在惩旧。

国手

爱人啊！你是个国手；
我们来下一盘棋；
我的目的不是要赢你，
但只求输给你——
将我的灵和肉
输得干干净净！

红烛·死水

香篆

辗转在眼帘前，
萦回在鼻观里，
锤旋在心窝头——

心爱的人儿啊！
这样清幽的香，
只堪供祝神圣的你：

我祝你黛发长青！
又祝你朱颜长姣！
同我们的爱万寿无疆！

春寒

春啊！
正似美人一般，
无妨瘦一点儿！

红烛·死水

春之首章

浴人灵魂的雨过了：
薄泥到处啮人底鞋底。
凉飔挟着湿润的土气
在鼻蕊间正冲突着。

金鱼儿今天许不大怕冷了？
个个都敢于浮上来呢！

东风苦劝执拗的蒲根，
将才睡醒的芽儿放了出来。
春雨过了，芽儿刚抽到寸长，
又被池水偷着吞去了。

亭子角上几根瘦硬的
还没赶上春的榆枝，

印在鱼鳞似的天上；
像一页淡蓝的朵云笺，
上面涂了些僧怀素底
铁画银钩的草书。

丁香枝上豆大的蓓蕾，
包满了包不住的生意，
呆呆地望着辽阔的天宇，
盘算他明日的荣华——
仿佛一个出神的诗人
在空中编织未成的诗句。

春啊！明显的秘密哟！
神圣的魔术哟！

啊！我忘了我自己，春啊！
我要提起我全身底力气，
在你那绝妙的文章上
加进这丑笨的一句哟！

红烛·死水

· 71 ·

春之末章

被风惹恼了的粉蝶，
试了好几处底枝头，
总抱不大稳，率性就舍开，
忽地不知飞向哪里去了。
啊！大哲底梦身啊！
了无黏滞的达观者哟！

太轻狂了哦！杨花！
依然吩咐雨丝粘住罢。

娇绿的坦张的荷钱啊！
不息地仰面朝上帝望着，
一心地默祷并且赞美他——
只要这样，总是这样，
开花结实底日子便快了。

一气的醋绿里忽露出
一角汉纹式的小红桥，
真红得快叫出来了！

小孩儿们也太好玩了啊！
镇日里蓝的白的衫子
骑满竹青石栏上垂钓。
他们的笑声有时竟脆得像
坍碎了一座琉璃宝塔一般。
小孩们总是这样好玩呢！

绿纱窗里筛出的琴声，
又是画家脑子里经营着的
一帧美人春睡图：
细熨的柔情，娇羞的倦致，
这般如此，忽即忽离，
啊！迷魂的律吕啊！

音乐家啊！垂钓的小孩啊！
我读完这春之宝笈底末章，
就交给你们永远管领着罢！

钟声

钟声报得这样急——
时间之海底记水标哦！
是记涨呢，还是记落呢！——
是报过去底添长呢？
还是报未来底消缩呢？

爱之神

——题画

啊！这么俊的一副眼睛——
两潭渊默的清波！
可怜孱弱的游泳者哟！
我告诉你回头就是岸了！

啊！那潭岸上的一带榛薮，
好分明的黛眉啊！
那鼻子，金字塔式的小丘，
恐怕就是情人底茔墓罢？

那里，不是两扇朱扉吗？
红得像樱桃一样，
扉内还露着编贝底屏风。
这里又不知安了什么陷阱！

红烛·死水

啊！莫非是绮甸之乐园？

还是美底家宅，爱底祭坛？

呸！不是，都不是哦！

是死魔盘踞着的一座迷宫！

谢罪以后

朋友，怎样开始？这般结局？
"谁实为之？"是我情愿，是你心许？
朋友，开始结局之间，
演了一出浪漫的悲剧；
如今戏既演完了，
便将那一页撕了下去，
还剩下了一部历史，
恐十倍地庄严，百般地丰富，——
是更生底灵剂，乐园底基础！

朋友！让舞台上的经验，短短长长，
是恩爱，是仇雠，尽付与时间底游浪。
若教已放下来的绣幕，
永作隔断记忆底城墙；
台上的记忆尽可隔断，

红烛·死水

但还有一篇未成的文章，

是在登台以前开始作的。

朋友！你为什么不让他继续添长，

完成一件整的艺术品？你试想想！

朋友！我们来勉强把悲伤葬着，

让我们的胸膛做了他的坟墓；

让忏悔蒸成湿雾，

糊湿了我们的眼睛也可；

但切莫把我们的心，

冷的变成石头一个，

让可怕的矜骄底刀子

在他上面磨成一面的锋，两面的锷。

朋友，知道成锋的刀有个代价么？

忏悔

啊！浪漫的生活啊！
是写在水面上的个"爱"字，
一壁写着，一壁没了；
白搅动些痛若底波轮。

红烛·死水

黄鸟

哦！森林的养子，
太空的血胤
不知名的野鸟儿啊！

黑缎底头帕，
密黄的羽衣，
镶着赤铜底喙爪——
啊！一只鲜明的火镞，
那样癫狂地射放，
射翻了肃静的天宇哦！

像一块雕镂的水晶，
艺术纵未完成，
却永映着上天底光彩——
这样便是他吐出的

那阕雅健的音乐呀！
啊！希腊式的雅健！

野心的鸟儿啊！
我知道你喉咙里的
太丰富的歌儿
快要噎死你了：
但是从容些吐着！
吐出那水晶的谐音，
造成艺术之宫，
让一个失路的灵魂
早安了家罢！

红烛·死水

艺术底忠臣

无数的人臣，仿佛真珠，
攒在艺术之王底龙衮上，
一心同赞御容底光采；
其中只有济慈一个人，
是群龙拱抱的一颗火珠，
光芒赛过一切的珠子。

诗人底诗人啊！
满朝底冠盖只算得
些艺术底名臣，
只有你一人是个忠臣。
"美即是真，真即美。"
我知道你那栋梁之材，
是单给这个真命天子用的；
别的分疆割据，属国偏安，

那里配得起你哟！

啊！"鞠躬尽瘁，死而后已"：
"真个做了艺术底殉身者！
忠烈的亡魂啊！"
你的名字没写在水上，
但铸在圣朝底宝鼎上了！

红烛·死水

· 83 ·

初夏一夜底印象

——一九二三年五月直奉战争时

夕阳将诗人交付给烦恼的夜了，
叮咛道："把你的秘密都吐给他了罢！"

紫穹窿下洒着些碎了的珠子——
诗人想：该穿成一串挂在死底胸前。

阴风底冷爪子刚扒过饿柳底枯发，
又将池里的灯影儿扭成几道金蛇。

贴在山腰下伛偻得可怕的老柏，
拿着黑瘦的拳头硬和太空挑衅。

失睡的蛙们此刻应该有些倦意了，
但仍旧努力地叫着水国底军歌。

个个都吠得这般沉痛，村狗啊！
为什么总骂不破盗贼底胆子？

嚼火漱雾的毒龙在铁梯上爬着，
驮着黑色号衣的战争，吼的要哭了。

铜舌的报更的磬，屡次安慰世界，
请他放心睡去……世界那肯信他哦！

上帝啊！眼看着宇宙糟蹋到这样，
可也有些寒心吗？仁慈的上帝哟！

诗债

小小的轻圆的诗句，
是些当一的制钱——
在情人底国中
贸易死亡底通宝。

爱啊！慷慨的债主啊！
不等我偿清诗债
就这么匆忙地去了，
怎样也挽留不住。

但是字串还没毁哟！
这永欠的本钱，
仍然在我账本上，
息上添息地繁衍。

若有一天你又回来，
爱啊！要做 Shylock 吗？
就把我心上的肉，
和心一起割给你罢！

红烛·死水

红荷之魂（有序）

盆莲饮雨初放，折了几枝，供在案头，又听侄辈读
周茂叔底《爱莲说》，便不得不联想及于三千里外《荷
花池畔》底诗人。赋此寄呈实秋，兼上景超及其他在西
山的诸友。

太华玉井底神裔啊！
不必在污泥里久恋了。
这玉胆瓶里的寒浆有些冽骨吗？
那原是没有堕世的山泉哪！

高贤底文章啊！雏凤底律吕啊！
往古来今竟携了手来谀媚着你。
来罢！听听这蜜甜的赞美诗罢！
抱霞摇玉的仙花呀！
看着你的躯体，

我怎不想到你的灵魂？
灵魂啊！到底又是谁呢？
是千叶宝座上的如来，
还是丈余红瓣中的太乙呢？
是五老峰前的诗人，
还是洞庭湖畔的骚客呢？

红荷底魂啊！
爱美的诗人啊！
便稍许艳一点儿，
还不失为"君子"。
看那颗颗祖张的荷钱啊！
可敬的——向上底虔诚，
可爱的——圆满底个性。
花魂啊！佑他们充分地发育罢！

花魂啊，
须提防着，
不要让菱芡藻荇底势力
蚕食了泽国底版图。

花魂啊！
要将崎岖的动底烟波，
织成灿烂的静底绣锦。
然后，

红烛·死水

高蹈的鸬鹚啊！
热情的鸳鸯啊！
水国烟乡底顾客们啊！……
只欢迎你们来
逍遥着，偃卧着；
因为你们知道了
你们的义务。

别后

啊！那不速的香吻，
没关心的柔词……
啊！热情献来的一切赞礼，
当时都大意地抛弃了，
于今却变作记忆底干粮，
来充这旅途底饥饿。

可是，有时同样的馈仪，
当时珍重地接待了，抚宠了；
反在记忆之领土里，
刻下了生憎惹厌的痕迹。

啊！谁道不是变幻呢？
顷刻之间，热情与冷淡，
已经百度底乘除了。

红烛·死水

谁道不是矛盾呢？

一般的香吻，一样的柔词，

才冷僵了骨髓，

又烧焦了纤维。

恶作剧的疟魔呀！

到底是谁遣你来的？

你在这一隙驹光之间，

竟教我更迭地

作了冰炭底化身！

恶作剧的疟魔哟！

孤雁

不幸的失群的孤客！
谁教你抛弃了旧侣，
拆散了阵字，
流落到这水国底绝塞，
拼着寸磔的愁肠，
泣诉那无边的酸楚？

啊！从那浮云的密幕里，
迸出这样的哀音，
这样的痛苦！这样的热情！

孤寂的流落者！
不须叫喊得哟！
你那沉细的音波，
在这大海的惊雷里，

红烛·死水

还不值得那涛头
溅破的一粒浮沤呢!

可怜的孤魂啊!
更不须向天回首了。
天是一个无涯的秘密,
一幅蓝色的谜语,
太难了,不是你能猜破的。
也不须向海低头了。
这辱骂高天的恶汉,
他的咸卤的唾沫
不要渍湿了你的翅膀,
黏滞了你的行程!

流落的孤禽啊!
到底飞往哪里去呢?
那太平洋的彼岸,
可知道究竟有些什么?

啊!那里是苍鹰底领土——
那鸷悍的霸王啊!
他的锐利的指爪,
已撕破了自然面目,
建筑起财力窝巢。
那里只有钢筋铁骨的机械,

喝醉了弱者底鲜血，
吐出那罪恶底黑烟，
涂污我太空，闭熄了日月，
教你飞来不知方向，
息去又没地藏身啊！

流落的失群者啊！
到底要往那里去？
随阳的鸟啊！
光明底追逐者啊！
不信那腥臊的屠场，
黑暗的烟灶，
竟能吸引你的踪迹！

归来罢，失路的游魂！
归来参加你的伴侣，
补足他们的阵列！
他们正引着颈望你呢。

归来偃卧在霜染的芦林里，
那里有校猎的西风，
将茸毛似的芦花，
铺就了你的床褥
来温暖起你的甜梦。

红烛·死水

归来浮游在温柔的港溆里，
那里方是你的浴盆。
归来徘徊在浪舐的平沙上，
趁着溶银的月色
婆娑着戏弄你的幽影。
归来罢，流落的孤禽！
与其尽在这水国底绝塞，
拼着寸磔的愁肠，
泣诉那无边的酸梦，
不如櫂翅回身归去罢！

啊！但是这不由分说的狂飙
挟着我不息地前进；
我脚上又带着了一封书信，
我怎能抛却我的使命，
由着我的心性
回身櫂翅归去来呢？

太平洋舟中见一明星

鲜艳的明星哪！——
太阴底嫡裔，
月儿同胞的小妹——
你是天仙吐出的玉唾，
溅在天边？
还是鲛人泣出的明珠，
被海涛淘起？

哦！我这被单调的浪声
摇睡了灵魂，
昏昏睡了这么久，
毕竟被你唤醒了哦，
灿烂的宝灯啊！

我在昏沉的梦中，

红烛·死水

你将我唤醒了，
我才知道我已离了故乡，
贬斥在情爱底边徼之外——
飘簸在海涛上的一枚钓饵。

你又唤醒了我的大梦——
梦外包着的一层梦！
生活呀！苍茫的生活呀！
也是波涛险阻的大海哟！
是情人底眼泪底波涛，
是壮士底血液底波涛。

鲜艳的星，光明底结晶啊！
生命之海中底灯塔！
照着我罢！照着我罢！
不要让我碰了礁滩！
不要许我越了航线；
我自要加进我的一勺温泪，
教这泪海更咸；
我自要倾出我的一腔热血，
教这血涛更鲜！

火柴

这里都是君王底
樱桃艳嘴的小歌童：
有的唱出一颗灿烂的明星，
唱不出的，都拆成两片枯骨。

红烛·死水

玄思

在黄昏底沉默里，
从我这荒凉的脑子里，
常迸出些古怪的思想，
不伦不类的思想；

仿佛从一座古寺前的
尘封雨渍的钟楼里，
飞出一阵猜怯的蝙蝠，
非禽非兽的小怪物。

同野心的蝙蝠一样，
我的思想不肯只爬在地上，
却老在天空里兜圈子，
圆的，扁的，种种的圈子。

我这荒凉的脑子
在黄昏底沉默里，
常迸出些古怪的思想，
仿佛同些蝙蝠一样。

我是一个流囚

我是个年壮力强的流囚，
我不知道我犯的是什么罪。

黄昏时候，
他们把我推出门外了，
幸福底朱扉已向我关上了，
金甲紫面的门神
举起宝剑来逐我；
我只得闯进缜密的黑暗，
犁着我的道路往前走。

忽地一座壮阔底飞檐，
像只大鹏底翅子
插在浮沤密布的天海上：
卍字格的窗棂里

泻出醺人的灯光，黄酒一般地酽；
哀宕淫热的笙歌，
被激愤的檀板催窘了，
螺旋似地锤进我的心房：
我的身子不觉轻去一半，
仿佛在那孔雀屏前跳舞了。

啊快乐——严懔的快乐——
抽出他的讥诮的银刀，
把我刺醒了；
哎呀！我才知道——
我是快乐底罪人，
幸福之宫里逐出的流囚，
怎能在这里随便打溷呢？

走罢！再走上那没尽头的黑道罢！
唉！但是我受伤太厉害；
我的步子渐渐迟重了；
我的鲜红的生命，
渐渐染了脚下的枯草！

我是个年壮力强的流囚，
我不知道我犯的是什么罪。

红烛·死水

寄怀实秋

泪绳捆住的红烛，
已被海风吹熄了；
跟着有一缕犹疑的轻烟，
左顾右盼，
不知往哪里去好。
啊！解体的灵魂哟！
失路底悲哀哟！

在黑暗底严城里，
恐怖方施行他的高压政策：
诗人底尸肉在那里仓皇着，
仿佛一只丧家之犬呢。
莲蕊间醋睡着的恋人啊！
不要灭了你的纱灯：
几时珠箔银绦飘着过来，

可要借给我点燃我的残烛，
好在这阴城里面，
为我照出一条道路。

烛又点燃了，
那时我便作个自然的流萤，
在深更底风露里，
还可以逍遥流荡着，
直到黎明！

莲蕊间酣睡着的骚人啊！
小心那成群打围的飞蛾，
不要灭了你的纱灯哦！

红烛·死水

晴朝

一个迟笨的晴朝，
比年还现长得多，
像条懒洋洋的冻蛇，
从我的窗前爬过。

一阵淡青的烟云
偷着跨进了街心……
对面的一带朱楼
忽都被他咒入梦境。

栗色汽车像匹骄马
休息在老绿阴中，
瞅着他自身的黑影，
连动也不动一动。

傲霜的老健的榆树
伸出一只粗胳膊，
拿在窗前底日光里，
翻金弄绿，不奈乐何。
除外了一个黑人
薙草，刮刮地响声渐远，
再没有一息声音——
和平布满了大自然。

和平蜷伏在人人心里，
但是在我的心内
若果也有和平底形迹，
那是一种和平底悲哀。

地球平稳地转着，
一切的都向朝日微笑；
我也不是不会笑，
泪珠儿却先滚出来了。

皎皎的白日啊！
将照遍了朱楼底四面；
永远照不进的是——
游子底漆黑的心窝坎！

一个厌病的晴朝：

红烛·死水

比年还过得慢，
像条负创的伤蛇，
爬过了我的窗前。

记忆

记忆渍起苦恼的黑泪，
在生活底纸上写满蝇头细字；
生活底纸可以撕成碎片，
记忆底笔迹永无磨灭之时。

啊！友谊底悲剧，希望的挽歌，
情热底战史，罪恶的供状——
啊！不堪卒读的文词哦！
是记忆底亲手笔，悲哀的旧文章！

请弃绝了我罢，拯救了我罢！
智慧哟！钩引记忆底奸细！
若求忘却那悲哀的文章，
除非要你赦脱了你我的关系！

红烛·死水

太阳吟

太阳啊，刺得我心痛的太阳！
又逼走了游子底一出还乡梦，
又加他十二个时辰底九曲回肠！

太阳啊，火一样烧着的太阳！
烘干了小草尖头底露水，
可烘得干游子底冷泪盈眶？

太阳啊，六龙骖驾的太阳！
省得我受这一天天底缓刑，
就把五年当一天跑完那又何妨？

太阳啊？——神速的金乌——太阳！
让我骑着你每日绕行地球一周，
也便能天天望见一次家乡！

太阳啊，楼角新升的太阳！
不是刚从我们东方来的吗？
我的家乡此刻可都依然无恙？

太阳啊，我家乡来的太阳！
北京城里底官柳裹上一身秋了罢？
唉！我也憔悴的同深秋一样！

太阳啊，奔波不息的太阳！
你也好像无家可归似的呢。
啊！你我的身世一样地不堪设想！

太阳啊，自强不息的太阳！
大宇宙许就是你的家乡罢。
可能指示我我底家乡底方向？

太阳啊，这不像我的山川，太阳！
这里的风云另带一般颜色，
这里鸟儿唱的调子格外凄凉。

太阳啊，生命之火底太阳！
但是谁不知你是球东半底情热，
同时又是球西半底智光？

太阳啊，也是我家乡底太阳！

红烛·死水

此刻我回不了我往日的家乡，
便认你为家乡也还得失相偿。

太阳啊，慈光普照的太阳！
往后我看见你时，就当回家一次；
我的家乡不在地下乃在天上！

忆菊

——重阳前一日作

插在长颈的虾青瓷的瓶里，
六方的水晶瓶里的菊花，
钻在紫藤仙姑篮里的菊花；
守着酒壶的菊花，
陪着螯盏的菊花；
未放，将放，半放，盛放的菊花。

镶着金边的绛色的鸡爪菊；
粉红色的碎瓣的绣球菊！
懒慵慵的江西腊哟；
倒挂着一饼蜂窠似的黄心，
仿佛是朵紫的向日葵呢。
长瓣抱心，密瓣平顶的菊花；
柔艳的尖瓣钻蕊的白菊

·113·

如同美人底拳着的手爪，
拳心里攫着一撮儿金栗。

檐前，阶下，篱畔，圃心底菊花：
霭霭的淡烟笼着的菊花，
丝丝的疏雨洗着的菊花，——
金底黄，玉底白，春酿底绿，秋山底紫，
……

剪秋萝似的小红菊花儿，
从鹅绒到古铜色的黄菊；
带紫茎的微绿色的"真菊"，
是些小小的玉管儿缀成的，
为的是好让小花神儿
夜里偷去当了笙儿吹着。

大似牡丹的菊王到底奢豪些，
他的枣红色的瓣儿，铠甲似的，
张张都装上银白的里子了；
星星似的小菊花蕾儿
还拥着褐色的萼被睡着觉呢。

啊！自然美底总收成啊！
我们祖国之秋底杰作啊！
啊！东方底花，骚人逸士底花呀！

那东方底诗魂陶元亮

不是你的灵魂底化身罢？

那祖国底登高饮酒的重九

不又是你诞生底吉辰吗？

你不像这里的热欲的蔷薇，

那微贱的紫萝兰更比不上你。

你是有历史，有风俗的花。

啊！四千年的华胄底名花呀！

你有高超的历史，你有逸雅的风俗！

啊！诗人底花呀！我想起你，

我的心也开成顷刻之花

灿烂的如同你的一样；

我想起你同我的家乡，

我们的庄严灿烂的祖国，

我的希望之花又开得同你一样。

习习的秋风啊！吹着，吹着！

我要赞美我祖国底花！

我要赞美我如花的祖国！

请将我的字吹成一簇鲜花，

金底黄，玉底白，春酿底绿，秋山底紫，

……

然后又统统吹散，吹得落英缤纷，

红烛·死水

弥漫了高天，铺遍了大地！

秋风啊！习习的秋风啊！
我要赞美我祖国底花！
我要赞美我如花的祖国！

秋色

——芝加哥洁阁森公园里

诗情也似并刀快，
剪得秋光入卷来。

——陆游

紫得像葡萄似的涧水
翻起了一层层金色的鲤鱼鳞。

几片剪形的枫叶，
仿佛朱砂色的燕子，
颠斜地在水面上
旋着，掠着，翻着，低昂着……

肥厚得熊掌似的
棕黄色的大橡叶，
在绿茵上狼藉着。

红烛·死水

松鼠们张张慌慌地
在叶间爬出爬进，
搜猎着他们来冬底粮食。

成了年的栗叶
向西风抱怨了一夜，
终于得了自由，
红着干燥的脸儿，
笑嘻嘻地辞了故枝。

白鸽子，花鸽子，
红眼的银灰色的鸽子，
乌鸦似的黑鸽子，
背上闪着紫的绿的金光——
倦飞的众鸽子在阶下集齐了，
都将喙子插在翅膀里，
寂静悄悄地打盹了。

水似的空气泛滥了宇宙；
三五个活泼的小孩，
（披着橘红的黄的黑的毛绒衫）
在丁香丛里穿着，
好像戏着浮萍的金鱼儿呢。
是黄浦江上林立的帆樯？
这数不清的削瘦的白杨

只竖在石青的天空里发呆。

倜傥的绿杨像位豪贵的公子，
裹着件平金的绣蟒，
一只手叉着腰身，
照着心烦的碧玉池，
玩媚着自身的模样儿。

凭在十二曲的水晶栏上，
晨曦瞰着世界微笑了，
笑出金子来了——
黄金笑在槐树上，
赤金笑在橡树上，
白金笑在白松皮上。

哦，这些树不是树了！
是些绚缦的祥云——
琥珀的云，玛瑙的云，
灵风扇着，旭日射着的云。
啊！这些树不是树了，
是百宝玲珑的祥云。

哦，这些树不是树了，
是紫禁城里的宫阙——
黄的琉璃瓦，

红烛·死水

绿的琉璃瓦；

楼上起楼，阁外架阁……

小鸟唱着银声的歌儿，

是殿角的风铃底共鸣。

哦！这些树不是树了，

是金碧辉煌的帝京。

啊！斑斓的秋树啊！

陵阳公样的瑞锦，

土耳基底地毡，

Notre Dame 底蔷薇窗，

Fra AngeLico 底天使画，

都不及你这色彩鲜明哦！

啊！斑斓的秋树啊！

我羡煞你们这浪漫的世界，

这波希米亚的生活！

我羡煞你们的色彩！

哦！我要请天孙织件锦袍，

给我穿着你的色彩！

我要从葡萄，橘子，高粱……里

把你榨出来，喝着你的色彩！

我要借义山济慈底诗

唱着你的色彩！

在蒲寄尼底 La Boheme 里，
在七宝烧的博山炉里，
我还要听着你的色彩，
嗅着你的色彩！
哦！我要过这个色彩的生活，
和这班斓的秋树一般！

秋深了

秋深了，人病了。

人敌不住秋了；

镇日拥着件大氅，

像只煨灶的猫，

蜷在摇椅上摇……摇……摇……

想着祖国，

想着家庭，

想着母校，

想着故人，

想着不胜想，不堪想的胜境良朝。

春底荣华逝了，

夏底荣华逝了；

秋在对面嵌白框窗子的

金字塔似的木板房子檐下，

抱着香黄色的破头帕，
追想春夏已逝的荣华；
想的伤心时，
飒飒地洒下几点黄金泪。

啊！秋是追想底时期！
秋是堕泪底时期！

红烛·死水

秋之末日

和西风酗了一夜的酒，
醉得颠头跌脑，
洒了金子扯了锦绣，
还呼呼地吼个不休。

奢豪的秋，自然底浪子哦！
春夏辛苦了半年，
能有多少积蓄，
来供你这般地挥霍呢？
如今该要破产了罢！

废园

一只落魄的蜜蜂，
像个沿门托钵的病僧，
游到被秋雨踢倒了的
一堆烂纸似的鸡冠花上，
闻了一闻，马上飞走了。

啊！零落的悲哀哟！
是蜂底悲哀？是花底悲哀？

红烛·死水

小溪

铅灰色的树影，
是一长篇噩梦，
横压在昏睡着的
小溪底胸膛上。
小溪挣扎着，挣扎着……
似乎毫无一点影响。

稚松

他在夕阳底红纱灯笼下站着，
他扭着颈子望着你，
他散开了藏着金色圆眼的，
海绿色的花翎———层层的花翎。
他像是金谷园里的
一只开展的孔雀罢？

红烛·死水

烂果

我的肉早被黑虫子咬烂了。

我睡在冷辣的青苔上，

索性让烂的越加烂了，

只等烂穿了我的核甲，

烂破了我的监牢，

我的幽闭的灵魂

便穿着豆绿的背心，

笑眯眯地要跳出来了！

色彩

生命是张没价值的白纸，
自从绿给了我发展，
红给了我情热，
黄教我以忠义，
蓝教我以高洁，
粉红赐我以希望，
灰白赠我以悲哀；
再完成这帧彩图，
黑还要加我以死。

从此以后，
我便溺爱于我的生命，
因为我爱他的色彩。

梦者

假如那绿晶晶的鬼火
是墓中人底
梦里迸出的星光,
那我也不怕死了!

红豆（四十二首）

一

红豆似的相思啊！
一粒粒的
坠进生命底磁坛里了……
听他跳激底音声，
这般凄楚！
这般清切！

二

相思着了火，
有泪雨洒着，
还烧得好一点；
最难禁的，
是突如其来，

红烛·死水

赶不及哭的干相思。

三

意识在时间底路上旅行：
每逢插起一杆红旗之处，
那便是——
相思设下的关卡，
挡住行人，
勒索路捐的。

四

袅袅的篆烟啊！
是古丽的文章，
淡写相思底诗句。

五

比方有一屑月光，
偷来匍匐在你枕上，
刺着你的倦眼，
撩得你镇夜不睡，
你讨厌他不？
那么这样便是相思了！

六

相思是不作声的蚊子，

偷偷地咬了一口，

陡然痛了一下，

以后便是一阵底奇痒。

七

我的心是个没设防的空城，

半夜里忽被相思袭击了，

我的心旌

只是一片倒降；

我只盼望——

他恣情屠烧一回就去了；

谁知他竟永远占据着，

建设起宫墙来了呢？

八

有两样东西，

我总想撇开，

却又总舍不得：

我的生命，

同为了爱人儿的相思。

红烛·死水

九

爱人啊！

将我作经线，

你作纬线，

命运织就了我们的婚姻之锦；

但是一帧回文锦哦！

横看是相思，

直看是相思，

顺看是相思，

倒看是相思，

斜看正看都是相思，

怎样看也看不出团圆二字。

十

我俩是一体了！

我们的结合，

至少也和地球一般圆满。

但你是东半球，

我是西半球，

我们又自己放着眼泪，

做成了这苍莽的太平洋，

隔断了我们自己。

十一

相思枕上的长夜，
怎样的厌厌难尽啊！
但这才是岁岁年年中之一夜，
大海里的一个波涛。
爱人啊！
叫我又怎样泅过这时间之海？

十二

我们有一天
相见接吻时，
若是我没小心，
掉出一滴苦泪，
渍痛了你的粉颊，
你可不要惊讶！
那里有多少年底
生了锈的情热底成分啊！

十三

我到底是个男子！
我们将来见面时，
我能对你哭完了，

红烛·死水

马上又对你笑。
你却不必如此；
你可以仰面望着我，
像一朵湿蔷薇，
在雾后的斜阳里，
慢慢儿晒干你的眼泪。

十四

我把这些诗寄给你了，
这些字你若不全认识，
那也不要紧。
你可以用手指
轻轻摩着他们，
像医生按着病人的脉，
你许可以试出
他们紧张地跳着，
同你心跳底节奏一般。

十五

古怪的爱人儿啊！
我梦时看见的你
是背面的。

十六

在雪黯风骄的严冬里，
忽然出了一颗红日；
在心灰意冷的情绪里，
忽然起了一阵相思——
这都是我没料定的。

十七

讨诗债的债主
果然回来了！
我先不妨
倾了我的家资还着。
到底实在还不清了，
再剜出我的心头肉，
同心一起付给他罢。

十八

我昼夜唱着相思底歌儿。
他们说我唱得形容憔悴了，
我将浪费了我的生命。
相思啊！
我颂了你吗？

红烛·死水

我是吐尽明丝的蚕儿，

死是我的休息；

我诅了你吗？

我是吐出毒剑底蜂儿，

死是我的刑罚。

十九

我是只惊弓的断雁，

我的嘴要叫着你，

又要衔着芦苇，

保障着我的生命。

我真狼狈哟！

二〇

扑不灭的相思，

莫非是生命之原上底野烧？

株株小草底绿意，

都要被他烧焦了啊！

二一

深夜若是一口池塘，

这飘在他的黛漪上的

淡白的小菱花儿，
便是相思底花儿了，
哦！他结成青的，血青的，
有尖角的果子了！

二二

我们的春又回来了，
我搜尽我的诗句，
忙写着红纸的宜春帖。
我也不妨就便写张
"百无禁忌"。
从此我若失错触了忌讳，
我们都不必介意罢！

二三

我们是两片浮萍：
从我们聚散底速率，
同距离底远度，
可以看出风儿底缓急，
浪儿底大小。

红烛·死水

二四

我们是鞭丝抽拢的伙伴，

我们是鞭丝抽散的离侣。

万能的鞭丝啊！

叫我们赞颂吗？

还是诅咒呢？

二五

我们弱者是鱼肉；

我们曾被求福者

重看了盛在笾豆里，

供在礼教底龛前。

我们多么荣耀啊！

二六

你明白了吗？

我们是照着客们吃喜酒的

一对红蜡烛；

我们站在桌子底

两斜对角上，

悄悄地烧着我们的生命，

给他们凑热闹。

他们吃完了，
我们的生命也烧尽了。

二七

若是我的话
讲得太多，
讲到末尾，
便胡讲一阵了，
请你只当我灶上的烟囱。
口里虽勃勃地吐着黑灰，
心里依旧是红热的。

二八

这算他圆满底三绝罢！——
莲子，
泪珠儿，
我们的婚姻。

二九

这一滴红泪：
不是别后的清愁，
却是聚前的炎痛。

红烛·死水

三〇

他们削破了我的皮肉,

冒着险将伊的枝儿

强蛮地插在我的茎上。

如今我虽带着瘿肿的疤痕,

却开出从来没有开过的花儿了。

他们是怎样狠心的聪明啊!

但每回我瞟出看花的人们

上下抛着眼珠儿,

打量着我的茎儿时,

我的脸上就红了!

三一

哦,脑子啊!

刻着虫书鸟篆的

一块妖魔的石头,

是我的佩刀底砺石,

也是我爱河里的礁石,

爱人儿啊!

这又是我俩之间的界石!

三二

幽冷的星儿啊！
这般零乱的一团！
爱人儿啊！
我们的命运，
都摆布在这里了！

三三

冬天底长夜，
好不容易等到天明了，
还是一块冷冰冰的，
铅灰色的天宇，
那里看得见太阳呢？
爱人啊！哭罢！哭罢！
这便是我们的将来哟！

三四

我是狂怒的海神，
你是被我捕着的一叶轻舟。
我的情潮一起一落之间，
我笑着看你颠簸；
我的千百个涛头

红烛·死水

用白晃晃的锯齿咬你，

把你咬碎了，

便和樯带舵吞了下去。

三五

夜鹰号啕地叫着；

北风拍着门环，

撕着窗纸，

撞着墙壁，

掀着屋瓦，

非闯进来不可。

红烛只不息地淌着血泪，

凝成大堆赤色的石钟乳。

爱人啊！你在哪里？

快来剪去那乌云似的烛花，

快窝着你的素手

遮护着这抖颤的烛焰！

爱人啊！你在哪里？

三六

当我告诉你们：

我曾在玉箫牙板，

一派悠扬的细乐里，

亲手掀起了伊的红盖帕；

我曾著着银烛，

一壁撷着伊的凤钗，

一壁在伊耳边问道：

"认得我吗？"

朋友们啊！

当你们听我讲这些故事时，

我又在你们的笑容里，

认出了你们私心的艳羡。

三七

这比我的新人，

谁个温柔？

从炉面镂空的双喜字间，

吐出了一线蜿蜒的香篆。

三八

你午睡醒来，

脸上印着红凹的簟纹，

怕是链子锁着的，

梦魂儿罢？

我吻着你的香腮，

便吻着你的梦儿了。

三九

我若替伊画象，
我不许一点人工产物
污秽了伊的玉体。
我并不是用画家肉眼，
在一套曲线里看伊的美；
但我要描出我常梦看的伊——
一个通灵澂洁的裸体的天使！
所以为免除误会起见，
我还要叫伊这两肩上
生出一双翅膀来。
若有人还不明白，
便把伊错认作一只彩凤，
那倒没什么不可。

四〇

假如黄昏时分，
忽来了一阵雷电交加的风暴，
不须怕得呀，爱人！
我将紧拉着你的手，
到窗口并肩坐下，
我们一句话也不要讲，
我们只凝视着

我们自己的爱力

在天边碰着,

碰出金箭似的光芒,

炫瞎我们自己的眼睛。

四一

有酸的,有甜的,有苦的,有辣的。

豆子都是红色的,

味道却不同了。

辣的先让礼教尝尝!

苦的我们分着囫囵地吞下。

酸的酸得像梅子一般,

不妨细嚼着止止我们的渴。

甜的呢!

啊!甜的红豆都分送给邻家作种子罢!

四二

我唱过了各样的歌儿,

单单忘记了你。

但我的歌儿该当越唱越新,越美。

这些最后唱的最美的歌儿,

一字一颗明珠,

一字一颗热泪,

红烛·死水

我的皇后啊！
这些算了我赎罪底菲仪，
这些我跪着捧献给你。

死 水

口供

我不骗你，我不是什么诗人，
纵然我爱的是白石的坚贞，
青松和大海，鸦背驮着夕阳，
黄昏里织满了蝙蝠的翅膀。
你知道我爱英雄，还爱高山，
我爱一幅国旗在风中招展，
自从鹅黄到古铜色的菊花。
记着我的粮食是一壶苦茶！

可是还有一个我，你怕不怕——
苍蝇似的思想，垃圾桶里爬。

收回

那一天只要命运肯放我们走！
不要怕；虽然得走过一个黑洞，
你大胆的走；让我掇着你的手；
也不用问哪里来的一阵阴风。

只记住了我今天的话，留心那
一掬温存，几朵吻，留心那几炷笑，
都给拾起来，没有差；——记住我的话，
拾起来，还有珊瑚色的一串心跳。

可怜今天苦了你——心渴望着心——
那时候该让你拾，拾一个痛快，
拾起我们今天损失了的黄金。
那斑斓的残瓣，都是我们的爱，
拾起来，戴上。

你戴着爱的圆光，
我们再走，管他是地狱，是天堂！

红烛·死水

"你指着太阳起誓"

你指着太阳起誓，叫天边的寒雁
说你的忠贞。好了，我完全相信你，
甚至热情开出泪花，我也不诧异。
只是你要说什么海枯，什么石烂……
那便笑得死我。这一口气的工夫
还不够我陶醉的？还说什么"永久"？
爱，你知道我只有一口气的贪图，
快来箍紧我的心，快！啊，你走你走……

我早算就了你那一手——也不是变卦——
"永久"早许给了别人，秕糠是我的份，
别人得的才是你的菁华——不坏的千春。
你不信？假如一天死神拿出你的花押。
你走不走？去去！去恋着他的怀抱，
跟他去讲那海枯石烂不变的贞操！

什么梦？

一排雁字仓皇地渡过天河，
寒雁的哀呼从她心里穿过，
"人啊，人啊"她叹道，
"你在哪里，在那里叫着我？"

黄昏拥着恐怖，直向她进逼，
一团剧痛沉淀在她的心里，
"天啊，天啊"她叫道，
"这到底，到底是什么意义？"

道是那样长，行程又在夜里，
她站在生死的门限上犹夷，
"烦闷，烦闷"她想道，
"我将永远，永远结束了你！"

红烛·死水

决断写在她脸上，——决断的从容，……
忽然摇篮里哇的一阵警钟，
　"儿啊，儿啊"她哭了，
　"我做的是什么是什么梦？"

大鼓师

我挂上一面豹皮的大鼓，
我敲着它游遍了一个世界，
我唱过了形形色色的歌儿，
我也听饱了喝不完的彩。

一角斜阳倒挂在檐下，
我蹑着芒鞋，踏入了家村。
"咱们自己的那只歌儿呢？"
她赶上前来，一阵的高兴。

我会唱英雄，我会唱豪杰，
那倩女情郎的歌，我也唱，
若要问到咱们自己的歌，
天知道，我真说不出的心慌！

红烛·死水

我却吞下了悲哀，叫她一声，
"快拿我的三弦来，快呀快！
这只破鼓也忒嫌闹了，我要
那弦子弹出我的歌儿来。"

我先弹着一群白鸽在霜林里，
珊瑚爪儿踩着黄叶一堆；
然后你听那秋虫在石缝里叫，
忽然又变了冷雨洒着柴扉。

洒不尽的雨，流不完的泪，……
我叫声"娘子"！把弦子丢了，
"今天我们拿什么作歌来唱？
歌儿早已化作泪儿流了！

"怎么？怎么你也抬不起头来？
啊！这怎么办，怎么办！……
来！你来！我兜出来的悲哀，
得让我自己来吻它干。

"只让我这样呆望着你，娘子，
像窗外的寒蕉望着月亮，
让我只在静默中赞美你，
可是总想不出什么歌来唱。

"纵然是刀斧削出的连理枝，
你瞧，这姿势一点也没有扭。
我可怜的人，你莫疑我，
我原也不怪那挥刀的手。

"你不要多心，我也不要问，
山泉到了井底，还往哪里流？
我知道你永远起不了波澜，
我要你永远给我润着歌喉。

"假如最末的希望否认了孤舟，
假如你拒绝了我，我的船坞！
我战着风涛，日暮归来，
谁是我的家，谁是我的归宿？

"但是，娘子呀！在你的尊前，
许我大鼓三弦都不要用；
我们委实没有歌好唱，我们
既不是儿女，又不是英雄！"

红烛·死水

狼狈

假如流水上一抹斜阳
悠悠的来了，悠悠的去了；
假如那时不是我不留你，
那颗心不由我作主了。

假如又是灰色的黄昏
藏满了蝙蝠的翅膀；
假如那时不是我不念你，
那时的心什么也不能想。

假如落叶像败阵纷逃，
暗影在我这窗前睥睨；
假如这颗心不是我的了，
女人，教它如何想你？

假如秋夜也这般的寂寥……
嘿！这是谁在我耳边讲话？
这分明不是你的声音，女人；
假如她偏偏要我降她。

红烛·死水

你莫怨我

你莫怨我！
这原来不算什么，
人生是萍水相逢，
让他萍水样错过。
你莫怨我！

你莫问我！
泪珠在眼边等着，
只须你说一句话，
一句话便会碰落，
你莫问我！

你莫惹我！
不要想灰上点火。
我的心早累倒了，

最好是让它睡着，
你莫惹我！

你莫碰我！
你想什么，想什么？
我们是萍水相逢，
应得轻轻错过。
你莫碰我！

你莫管我！
从今加上一把锁；
再不要敲错了门，
今回算我撞的祸，
你莫管我！

红烛·死水

你看

你看太阳像眠后的春蚕一样，
镇日吐不尽黄丝似的光芒；
你看负暄的红襟在电杆梢上，
酣眠的锦鸭泊在老柳根旁。

你眼前又陈列着青春的宝藏，
朋友们，请就在这眼前欣赏；
你有眼睛请再看青山的峦障，
但莫向那山外探望你的家乡。

你听那枝头颂春的梅花雀，
你得揩干眼泪，和他一支歌。
朋友，乡愁最是个无情的恶魔，
他能教你眼前的春光变作沙漠。

你看春风解放了冰镇的寒溪，
半溪白齿琮琮的漱着涟漪，
细草又织就了釉釉的绿意。
白杨枝上招展着么小的银旗。

朋友们，等你们看到了故乡的春，
怕不要老尽春光老尽了人？
呵，不要探望你的家乡，朋友们，
家乡是个贼，他能偷去你的心！

红烛·死水

也许

——葬歌

也许你真是哭得太累
也许，也许你要睡一睡，
那么叫夜鹰不要咳嗽。
蛙不要号，蝙蝠不要飞。

不许阳光拨你的眼帘，
不许清风刷上你的眉，
无论谁都不能惊醒你，
撑一伞松荫庇护你睡。

也许你听这蚯蚓翻泥，
听这细草的根儿吸水，
也许你听这般的音乐，
比那咒骂的人声更美；

那么你先把眼皮闭紧，
我就让你睡，我让你睡，
我把黄土轻轻盖着你，
我叫纸钱儿缓缓的飞。

红烛·死水

忘掉她

忘掉她，像一朵忘掉的花，——
那朝霞在花瓣上，
那花心的一缕香——
忘掉她，像一朵忘掉的花！

忘掉她，像一朵忘掉的花！
像春风里一出梦，
像梦里的一声钟，
忘掉她，像一朵忘掉的花！

忘掉她，像一朵忘掉的花！
听蟋蟀唱得多好，
看墓草长得多高；
忘掉她，像一朵忘掉的花！

忘掉她，像一朵忘掉的花！
她已经忘记了你，
她什么都记不起；
忘掉她，像一朵忘掉的花！

忘掉她，像一朵忘掉的花！
年华那朋友真好，
他明天就教你老；
忘掉她，像一朵忘掉的花！

忘掉她，像一朵忘掉的花！
如果是有人要问，
就说没有那个人；
忘掉她，像一朵忘掉的花！

忘掉她，像一朵忘掉的花！
像春风里一出梦，
像梦里的一声钟，
忘掉她，像一朵忘掉的花！

红烛·死水

泪雨

他在那生命的阳春时节，
曾流着号饥号寒的眼泪；
那原是舒生解冰的春霖，
却也兆征了生命的哀悲。

他少年的泪是连绵的阴雨，
暗中浇熟了酸苦的黄梅；
如今黑云密布，雷电交加，
他的泪像夏雨一般的滂沛。

中途的怅惘，老大的蹉跎，
他知道中年的苦泪更多，
中年的泪定似秋雨淅沥，
梧桐叶上敲着永夜的悲歌。

谁说生命的残冬没有眼泪？
老年的泪是悲哀的总和；
他还有一掬结晶的老泪，
要开作漫天愁人的花朵。

末日

露水在笕筒里哽咽着，
芭蕉的绿舌头舐着玻璃窗，
四围的垩壁都往后退，
我一人填不满偌大一间房。

我心房里烧上一盆火，
静候着一个远道的客人来，
我用蛛丝鼠矢喂火盆，
我又用花蛇的鳞甲代劈柴。

鸡声直催，盆里一堆灰，
一股阴风偷来摸着我的口，
原来客人就在我眼前，
我眼皮一闭，就跟着客人走。

死水

这是一沟绝望的死水，
清风吹不起半点漪沦。
不如多扔些破铜烂铁，
爽性泼你的剩菜残羹。

也许铜的要绿成翡翠，
铁罐上锈出几瓣桃花；
再让油腻织一层罗绮，
霉菌给他蒸出些云霞。

让死水酵成一沟绿酒，
漂满了珍珠似的白沫；
小珠们笑声变成大珠，
又被偷酒的花蚊咬破。

那么一沟绝望的死水，
也就夸得上几分鲜明。
如果青蛙耐不住寂寞，
又算死水叫出了歌声。

这是一沟绝望的死水，
这里断不是美的所在，
不如让给丑恶来开垦，
看他造出个什么世界。

春光

静得像入定了的一般，那天竹，
那天竹上密叶遮不住的珊瑚；
那碧桃；在朝暾里运气的麻雀。
春光从一张张的绿叶上爬过。
蓦地一道阳光晃过我的眼前，
我眼睛里飞出了万支的金箭，
我耳边又谣传着翅膀的摩声，
仿佛有一群天使在空中逻巡……

忽地深巷里迸出了一声清籁：
"可怜可怜我这瞎子，老爷太太！"

红烛·死水

黄昏

黄昏是一头迟笨的黑牛，
一步一步的走下了西山；
不许把城门关锁得太早，
总要等黑牛走进了城圈。

黄昏是一个神秘的黑牛，
不知他是那一界的神仙——
天天月亮要送他到城里，
一早太阳又牵上了西山。

我要回来

我要回来，
乘你的拳头像兰花未放，
乘你的柔发和柔丝一样，
乘你的眼睛里燃着灵光，
我要回来。

我没回来，
乘你的脚步像风中荡桨，
乘你的心灵像痴蝇打窗，
乘你笑声里有银的铃铛，
我没回来。

我该回来，
乘你的眼睛里一阵昏迷，
乘一口阴风把我灯吹熄，

红烛·死水

乘一只冷手来掇走了你，
我该回来。

我回来了，
乘流萤打着灯笼照着你，
乘你的耳边悲啼着莎鸡，
乘你睡着了，含一口沙泥，
我回来了。

夜歌

癞虾蟆抽了一个寒噤，
黄土堆里钻出个妇人，
妇人身旁找不出阴影，
月色却是如此的分明。

黄土堆里钻出个妇人，
黄土堆上并没有裂痕；
也不曾惊动一条蚯蚓，
或绷断蟏蛸一根网绳。

月光底下坐着个妇人，
妇人的面容好似青春，
猩红衫子血样的狰狞，
髼松的散发披了一身。

红烛·死水

妇人在号啕，捶着胸心，
癞虾蟆只是打着寒噤，
远村的荒鸡哇的一声，
黄土堆上不见了妇人。

心跳

这灯光，这灯光漂白了的四壁；
这贤良的桌椅，朋友似的亲密；
这古书的纸香一阵阵的袭来；
要好的茶杯贞女一般的洁白；
受哺的小儿接呷在母亲怀里，
鼾声报道我大儿康健的消息……
这神秘的静夜，这浑圆的和平，
我喉咙里颤动着感谢的歌声。
但是歌声马上又变成了诅咒，
静夜！我不能，不能受你的贿赂。
谁希罕你这墙内尺方的和平！
我的世界还有更辽阔的边境。
这四墙既隔不断战争的喧嚣，
你有什么方法禁止我的心跳？
最好是让这口里塞满了沙泥，

红烛·死水

如其他只会唱着个人的休戚！
最好是让这头颅给田鼠掘洞，
让这一团血肉也去喂着尸虫。
如果只是为了一杯酒，一本诗，
静夜里钟摆摇来的一片闲适，
就听不见了你们四邻的呻吟，
看不见寡妇孤儿抖颤的身影，
战壕里的痉挛，疯人咬着病榻，
和各种惨剧在生活的磨子下。
幸福！我如今不能受你的私贿，
我的世界不在这尺方的墙内。
听！又是一阵炮声，死神在咆哮。
静夜！你如何能禁止我的心跳？

一个观念

你隽永的神秘，你美丽的谎，
你倔强的质问，你一道金光，
一点亲密的意义，一股火，
一缕缥缈的呼声，你是什么？
我不疑，这因缘一点也不假，
我知道海洋不骗他的浪花。
既然是节奏，就不该抱怨歌。
呵，横暴的威灵，你降伏了我，
你降伏了我！你绚缦的长虹——
五千多年的记忆，你不要动，
如今我只问怎样抱得紧你……
你是那样的横蛮，那样美丽！

红烛·死水

发现

我来了，我喊一声，迸着血泪，
"这不是我的中华，不对，不对！"
我来了，因为我听见你叫我；
鞭着时间的罡风，擎一把火，
我来了，不知道是一场空喜。
我会见的是噩梦，哪里是你？
那是恐怖，是噩梦挂着悬崖，
那不是你，那不是我的心爱！
我追问青天，逼迫八面的风，
我问，拳头擂着大地的赤胸，
总问不出消息；我哭着叫你，
呕出一颗心来，——在我心里！

祈祷

请告诉我谁是中国人，
启示我，如何把记忆抱紧；
请告诉我这民族的伟大，
轻轻的告诉我，不要喧哗！

请告诉我谁是中国人，
谁的心里有尧舜的心，
谁的血是荆轲聂政的血，
谁是神农黄帝的遗孽。

告诉我那智慧来得神奇，
说是河马献来的馈礼；
还告诉我这歌声的节奏，
原是九苞凤凰的传授。

红烛·死水

谁告诉我戈壁的沉默，
和五岳的庄严？又告诉我
泰山的石溜还滴着忍耐，
大江黄河又流着和谐？

再告诉我，那一滴清泪
是孔子吊唁死麟的伤悲？
那狂笑也得告诉我才好，——
庄周，淳于髡，东方朔的笑。

请告诉我谁是中国人，
启示我，如何把记忆抱紧；
请告诉我这民族的伟大，
轻轻的告诉我，不要喧哗！

一句话

有一句话说出就是祸，
有一句话能点得着火。
别看五千年没有说破，
你猜得透火山的缄默？
说不定是突然着了魔，
突然青天里一个霹雳，
　爆一声：
"咱们的中国！"

这话叫我今天怎么说？
你不信铁树开花也可，
那么有一句话你听着：
等火山忍不住了缄默，
不要发抖，伸舌头，顿脚，

红烛·死水

等到青天里一个霹雳，

爆一声：

"咱们的中国！"

荒 村

"……临淮关梁园镇间一百八十里之距离，已完全断绝人烟。汽车道两旁之村庄，所有居民，逃避一空。农民之家具木器，均以绳相连，沉于附近水塘稻田中，以避火焚。门窗俱无，中以棺材或石堵塞。一至夜间，则灯火全无。鸡犬豚等觅食野间，亦无人看守。而间有玫瑰芍药犹墙隅自开。新出稻秧，翠蔼宜人。草木无知，其斯之谓欤？"

——民国十六年五月十九日《新闻报》

他们都上那里去了？怎么
虾蟆蹲在甑上，水瓢里开白莲；
桌椅板凳在田里堰里飘着；
蜘蛛的绳桥从东屋往西屋牵？
门框里嵌棺材，窗棂里镶石块！
这景象是多么古怪多么惨！

红烛·死水

· 189 ·

镰刀让它锈着快锈成了泥，

抛着整个的鱼网在灰堆里烂。

天呀！这样的村庄都留不住他们！

玫瑰开不完，荷叶长成了伞；

秧针这样尖，湖水这样绿，

天这样青，鸟声像露珠样圆。

这秧是怎样绿的，花儿谁叫红的？

这泥里和着谁的血，谁的汗？

去得这样的坚决，这样的脱洒，

可有什么苦衷，许了什么心愿？

如今可有人告诉他们：这里

猪在大路上游，鸭往猪群里钻，

雄鸡踏翻了芍药，牛吃了菜——

告诉他们太阳落了，牛羊不下山，

一个个的黑影在岗上等着，

四合的峦障龙蛇虎豹一般，

它们望一望，打了一个寒噤，

大家低下头来，再也不敢看；

（这也得告诉他们）它们想起往常

暮寒深了，白杨在风里颤，

那时只要站在山头嚷一句，

山路太险了，还有主人来挽；

然后笛声送它们踏进栏门里，

那稻草多么香，屋子多么暖！

它们想到这里，滚下了一滴热泪，

大家挤作一堆，脸偎着脸……
去！去告诉它们主人，告诉他们，
什么都告诉他们，什么也不要瞒！
叫他们回来！叫他们回来！
问他们怎么自己的牲口都不管？
他们不知道牲口是和小儿一样吗？
可怜的畜生它们多么没有胆！
喂！你报信的人也上哪里去了？
快去告诉他们——告诉王家老三，
告诉周大和他们兄弟八个，
告诉临淮关一带的庄稼汉，
还告诉那红脸的铁匠老李，
告诉独眼龙，告诉徐半仙，
告诉黄大娘和满村庄的妇女——
告诉他们这许多的事，一件一件。
叫他们回来，叫他们回来！
这景象是多么古怪多么惨！
天呀！这样的村庄留不住他们；
这样一个桃源，瞧不见人烟！

红烛·死水

罪过

老头儿和担子摔一跤，
满地是白杏儿红樱桃。
老头儿爬起来直哆嗦，
"我知道我今日的罪过！"
"手破了，老头儿你瞧瞧。"
"唉！都给压碎了，好樱桃！"

"老头儿你别是病了吧？
你怎么直愣着不说话？"
"我知道我今日的罪过，
一早起我儿子直催我。
我儿子躺在床上发狠，
他骂我怎么还不出城。

"我知道今日个不早了，

没想到一下子睡着了。
这叫我怎么办，怎么办？
回头一家人怎么吃饭？"
老头拾起来又掉了，
满地是白杏红樱桃。

天安门

好家伙！今日可吓坏了我！
两条腿到这会儿还哆嗦。
瞧着，瞧着，都要追上来了，
要不，我为什么要那么跑？
先生，让我喘口气，那东西，
你没有瞧见那黑漆漆的，
没脑袋的，瘸腿的，多可怕，
还摇晃着白旗儿说着话……
这年头真没法办，你问谁？
真是人都办不了，别说鬼。
还开会啦，还不老实点儿！
你瞧，都是谁家的小孩儿，
不才十来岁儿吗？干吗的！
脑袋瓜上不是使枪扎的？
先生，听说昨日又死了人，

管包死的又是傻学生们。
这年头儿也真有那怪事，
那学生们有的喝，有的吃，——
咱二叔头年死在杨柳青，
那是饿的没法儿去当兵，——
谁拿老命白白的送阎王！
咱一辈子没撒过谎，我想
刚灌上俩子儿油，一整勺，
怎么走着走着瞧不见道。
怨不得小秃子吓掉了魂，
劝人黑夜里别走天安门。
得！就算咱拉车的活倒霉，
赶明日北京满城都是鬼！

飞毛腿

我说飞毛腿那小子也真够别扭，
管包是拉了半天车得半天歇着，
一天少了说也得二三两白干儿，
醉醺醺的一死儿拉着人谈天儿。
他妈的谁能陪着那个小子混呢？
"天为啥是蓝的？"没事他该问你。
还吹他妈什么箫，你瞧那副神儿，
窝着件破棉袄，老婆的，也没准儿，
再瞧他擦着那车上的俩大灯罩，
擦着擦着问你曹操有多少人马。
成天儿车灯车把且擦且不完啦，
我说"飞毛腿你怎不擦擦脸啦？"
可是飞毛腿的车擦得真够亮的，
许是得擦到和他那心地一样的！
嗐！那天河里漂着飞毛腿的尸首，……
飞毛腿那老婆死得太不是时候。

洗衣歌

洗衣是美国华侨最普通的职业。因此留学生常常被人问道："你的爸爸是洗衣裳的吗？"许多人忍受不了这侮辱。然而洗衣的职业确乎含着一点神秘的意义，至少我曾经这样的想过。作洗衣歌。

（一件，两件，三件，）
洗衣要洗干净！
（四件，五件，六件；）
熨衣要熨得平！

我洗得净悲哀的湿手帕，
我洗得白罪恶的黑汗衣，
贪心的油腻和欲火的灰，……
你们家里一切的脏东西，
交给我洗，交给我洗。

红烛·死水

·197·

铜是那样臭，血是那样腥，

脏了的东西你不能不洗，

洗过了的东西还是得脏，

你忍耐的人们理它不理？

替他们洗！替他们洗！

你说洗衣的买卖太下贱，

肯下贱的只有唐人不成？

你们的牧师他告诉我说：

耶稣的爸爸做木匠出身，

你信不信？你信不信？

胰子白水耍不出花头来，

洗衣裳原比不上造兵舰。

我也说这有什么大出息——

流一身血汗洗别人的汗？

你们肯干？你们肯干？

年去年来一滴思乡的泪，

半夜三更一盏洗衣的灯……

下贱不下贱你们不要管，

看那里不干净那里不平，

问支那人，问支那人。

我洗得净悲哀的湿手帕，

我洗得白罪恶的黑汗衣，

贪心的油腻和欲火的灰，

你们家里一切的脏东西，

交给我——洗，交给我——洗。

（一件，两件，三件，）

洗衣要洗干净！

（四件，五件，六件，）

熨衣要熨得平！

闻一多先生的书桌

忽然一切的静物都讲话了，
忽然间书桌上怨声腾沸：
墨盒呻吟道"我渴得要死！"
字典喊雨水渍湿了他的背；

信笺忙叫道弯痛了他的腰；
钢笔说烟灰闭塞了他的嘴，
毛笔讲火柴烧秃了他的须，
铅笔抱怨牙刷压了他的腿；

香炉咕喽着"这些野蛮的书
早晚定规要把你挤倒了！"
大钢表叹息快睡锈了骨头；
"风来了！风来了！"稿纸都叫了；

笔洗说他分明是盛水的，
怎么吃得惯臭辣的雪茄灰；
桌子怨一年洗不上两回澡，
墨水壶说"我两天给你洗一回。"

"什么主人？谁是我们的主人？"
一切的静物都同声骂道，
"生活若果是这般的狼狈，
倒还不如没有生活的好！"

主人咬着烟斗迷迷的笑，
"一切的众生应该各安其位。
我何曾有意的糟蹋你们，
秩序不在我的能力之内。"